Rownd y gornel, heb f... Bing
yn dathlu ei **ben-blwydd** heddiw.

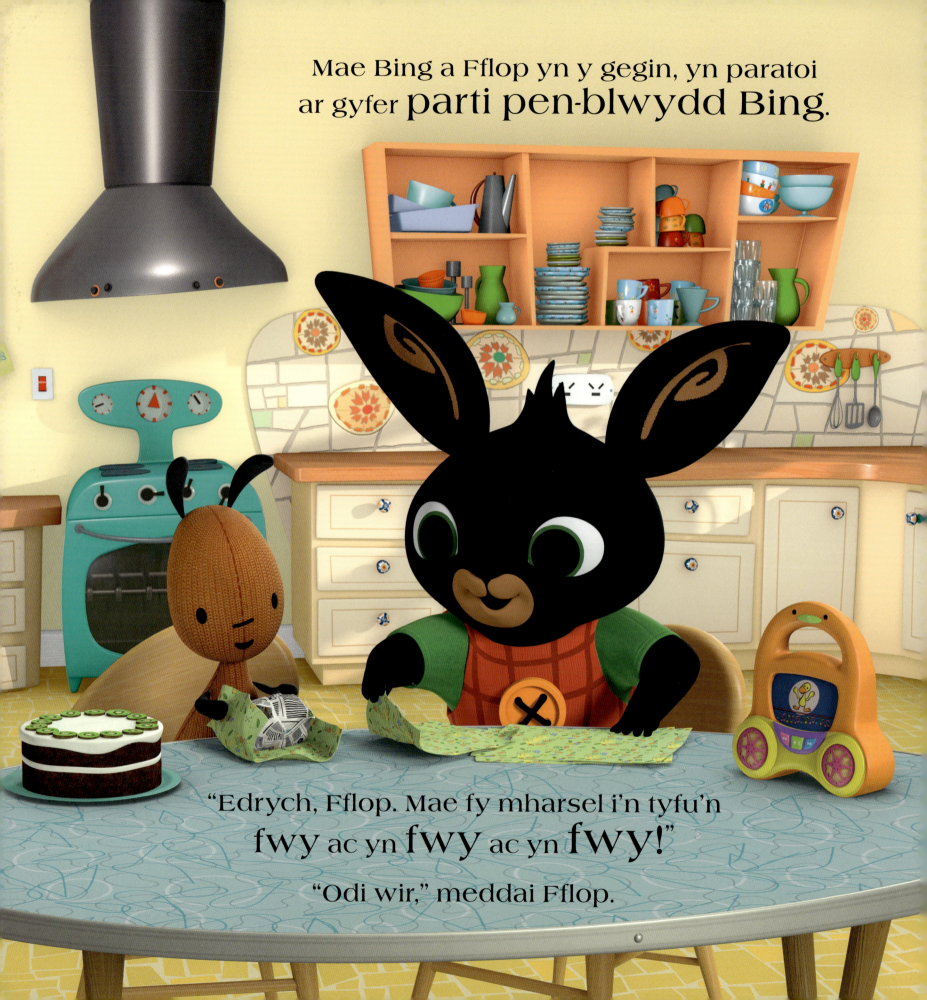

Mae Bing a Fflop yn y gegin, yn paratoi ar gyfer **parti pen-blwydd Bing**.

"Edrych, Fflop. Mae fy mharsel i'n tyfu'n **fwy** ac yn **fwy** ac yn **fwy!**"

"Odi wir," meddai Fflop.

Mae'r llyfr hwn yn perthyn i:

Y fersiwn Saesneg

Hawlfraint © 2019 Acamar Films Ltd

Mae'r gyfres deledu *Bing* wedi'i chreu gan Acamar Films a Brown Bag Films
ac yn seiliedig ar y llyfrau gwreiddiol gan Ted Dewan

Mae *Bing's Birthday Party* yn seiliedig ar y stori wreiddiol *Birthday* gan An Vrombaut,
Mikael Shields a Claire Jennings. Cyhoeddwyd *Bing's Birthday Party* yn y DU gan
HarperCollins *Children's Books* yn 2019 ac fe'i haddaswyd gan Rebecca Gerlings

Mae HarperCollins Children's Books yn rhan o HarperCollins*Publishers* Ltd,
1 London Bridge Street, Llundain SE1 9GF

www.harpercollins.co.uk

HarperCollins*Publishers*, Llawr Cyntaf, Watermarque Building, Ringsend Road, Dublin 4, Iwerddon

Y fersiwn Cymraeg

Cyhoeddwyd gyntaf yn Gymraeg gan Atebol Cyfyngedig,
Adeiladau'r Fagwyr, Llanfihangel Genau'r Glyn, Aberystwyth, Ceredigion, SY24 5AQ

Addaswyd i'r Gymraeg gan Endaf Griffiths
Dyluniwyd gan Owain Hammonds

Hawlfraint © Atebol Cyfyngedig 2022

ISBN 978-1-80106-287-9

atebol.com

Parti Pen-blwydd Bing!

atebol

Mae Bing yn methu aros i'w barti ddechrau. Mae ei ffrindiau Sula, Pando, Coco, Charlie ac Amma wedi cael gwahoddiad.

"Yn gyntaf, ry'n ni'n mynd i chware pasio'r parsel, yna'r Cwaca-oci!" meddai Bing wrth Fflop. "Ac yna, ry'n ni am fwyta fy nghacen!"

DING DONG!

Mae Bing yn rhuthro i'r drws.

Mae pawb yma! Ac maen nhw wedi
dod ag anrhegion!

"Pen-blwydd hapus, Bing!"

Mae Sula yn gweld tegan newydd Bing. "Beth yw hwnna, Bing?" gofynnodd.

"Hwn yw fy mheiriant Cwaca-oci. Fy anrheg pen-blwydd i," meddai Bing, yn falch.

Mae'n rhoi'r microffon arbennig yn ei le, yn barod i ddangos i bawb sut mae'n gweithio.

"Dyma ni!"
meddai Bing, cyn
tapio'r sgrin.

Tap!

Mae hwyaden
y Cwaca-oci yn
ymddangos.
**"Dewch i ni wneud
y Cwaca-oci!"**
meddai'r hwyaden.
**"Cwaca-cwaca-cwaca-
cwaca-cwaca-cwaca-oci!"**
Mae Bing yn symud
ei ddwylo i gân yr hwyaden.

"WAW!"
Mae Sula, Pando a Coco
yn chwerthin wrth wylio Bing.

"Fflapa-fflapa-fflapa-
fflapa-fflapa-fflapa-oci!"
meddai Bing, wrth fflapio'i freichiau.

"Pada-pada-pada-
pada-pada-pada-oci!"
meddai Bing a'r hwyaden
gyda'i gilydd, wrth stompio'u
traed i fyny ac i lawr.

Mae'r
Cwaca-oci
yn edrych
fel cymaint
o sbort.
Mae ffrindiau Bing
am gael tro!

"Fy nhro
i gyntaf!"
bloeddiodd Pando.

Mae Coco yn atgoffa Bing mai fe sy'n dewis pwy sy'n mynd gyntaf gan ei fod yn ben-blwydd arno.

Mae Bing yn meddwl. "Ym, gall Sula fynd gyntaf," meddai. "Wedyn Pando. Ac wedyn Coco."

Tap!

"*Cwaca-cwaca-cwaca-cwaca-cwaca-cwaca-oci!*"
meddai'r hwyaden eto.

Ond mae Sula yn canu'r geiriau anghywir.
Mae hi'n canu Fflapa-fflapa-fflapa yn lle.

Mae Bing yn egluro iddi fod angen gwneud y **Cwaca-cwaca** gyntaf, ac mae'n dangos i Sula sut i'w wneud.

"O, ie," meddai Sula, gan gofio.

Yna mae Sula yn gwneud y **Fflapa-fflapa** mor dda, mae'r microffon yn disgyn i'r llawr. Wps!

"Fy nhro i nawr!" meddai Pando, cyn gafael ynddo.

Tap!

"Fflapa-cwaca-fflapa-cwaca-fflapa-cwaca-oci!"
meddai Pando, wrth gwacio a fflapio a stompio'r un pryd.

Mae hwnna'n anghywir . . .
Dyw Pando ddim yn ei wneud e'n iawn.

"Pam na wnei di ddangos i
Pando shwt i'w wneud e, Bing?"
meddai Fflop. "Yna fe all y ddau
ohonoch chi chware."
Mae Fflop yn mynd i'r gegin i nôl
y canhwyllau ar gyfer cacen
pen-blwydd Bing.

"Wyt ti'n gallu dangos i Coco a fi shwt i'w wneud e hefyd, Bing?" gofynnodd Sula.

"O'r gore," meddai Bing,
"ond mae'n rhaid i chi sefyll mewn llinell."

Tap! Ond mae Pando yn rhy gyffrous
i sefyll mewn llinell . . .

Cwaca-cwaca-cwaca-cwaca-
cwaca-cwaca-oci!

"Na, Pando!" meddai Bing.
"Dwyt ti ddim yn ei wneud e'n iawn. Stopia!"

Ond dyw Pando ddim yn gwrando.

Fflapa-fflapa-fflapa-
fflapa-fflapa-fflapa-oci!

Mae Pando,
Sula a Coco yn dawnsio,
ac yn dawnsio,
ac yn dawnsio!

**Pada-pada-pada-
pada-pada-
pada-oci!**

"Dwi wrth
fy modd
â'r peiriant
Cwaca-oci!"
meddai Pando, wrth
droelli yn yr unfan.

Mae Bing am i Pando
stopio. Mae'n rhuthro i'r
gegin i chwilio am Fflop.

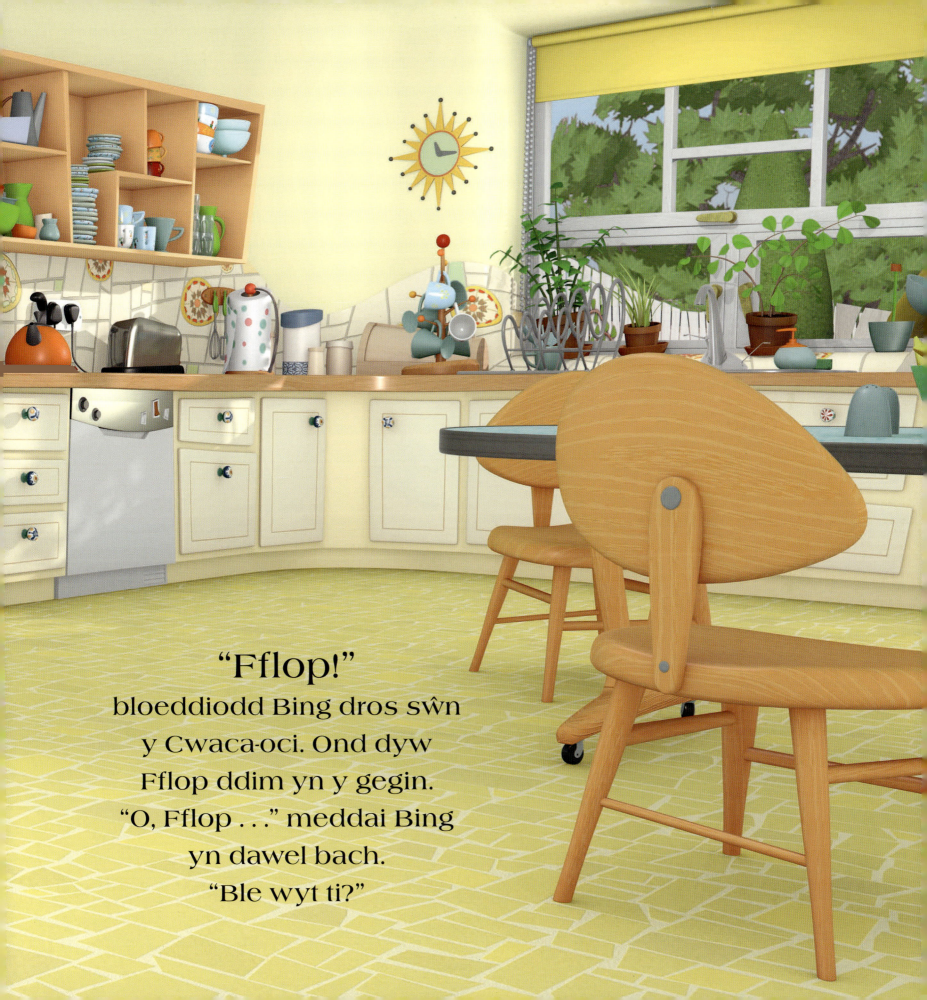

"Fflop!"
bloeddiodd Bing dros sŵn
y Cwaca-oci. Ond dyw
Fflop ddim yn y gegin.
"O, Fflop . . ." meddai Bing
yn dawel bach.
"Ble wyt ti?"

Mae cerddoriaeth y Cwaca-oci yn stopio.

"O!" meddai Sula.
"Ble mae Bing?"

"Hmmm, sai'n gwybod,
Sula," meddai Fflop,
wrth gamu o'r cwpwrdd.
"Dwi'n meddwl wna
i edrych lan lofft . . ."

Mae Fflop yn mynd i ystafell wely Bing. O – beth yw hwnna o dan y dwfe?

"Bing... Wyt ti yna?"

Dyw Bing ddim yn ateb.

"Wyt ti mewn hwylie drwg?"

"Ydw ..."

"Beth ddigwyddodd, Bing?" gofynnodd Fflop.

"Nid fy mhen-blwydd i yw e rhagor,"
meddai Bing, yn drist. "Roedd Pando yn gwneud y
Cwaca-oci yn anghywir i gyd, ac roedd e'n gwrthod stopio.
Ac roedd e'n canu'n rhy uchel.

"Wel, mae Pando yn hoffi canu," meddai Fflop.

"Ac yna … do'n i ddim yn gallu dy
ffeindio di, Fflop," meddai Bing, gan snwffian.

"Wel, dwi 'ma nawr,"
meddai Fflop.
"Wyt ti'n teimlo ychydig
yn well erbyn hyn?"

"Ydw …"

CNOC
CNOC
CNOC

"Allwn ni ddod i mewn?" gofynnodd
Sula, wrth sbecian o dan flanced Bing.

"Iawn," atebodd Bing, yn dawel.

Yna, mae wyneb Pando yn ymddangos. "Pen-blwydd
hapus, Bing!" bloeddiodd, wrth roi anrheg i Bing.

"O, diolch!"
meddai Bing, yn hapus
o weld ei ffrindiau eto.

Nawr mae pawb
o dan y blanced!

"Fflop!" meddai Bing,
dan chwerthin.
"Dwi'n cael
pen-blwydd
gwahanol!"

"Wyt wir,"
meddai Fflop.

Ar ôl gêm o **basio'r parsel**,
mae'n amser i Bing gael ei **gacen pen-blwydd**.

"Pen-blwydd hapus, Bing!" bloeddiodd ei ffrindiau i gyd.

Mae Bing yn cymryd un anadl fawr cyn diffodd y canhwyllau i gyd.

"Da iawn, Bing!" meddai Fflop gyda gwên.

Penblwyddi . . . dyna bethe Bing.